Une Semaine en Italie

Une Semaine en Italie

Souvenirs

du Pèlerinage de la Jeunesse Française

PAR

M. At... D**

du Groupe lyonnais.

ANNECY

IMPRIMERIE DE L'UNION SAVOISIENNE

F. ABRY, LIBRAIRE-ÉDITEUR

1892

Au Lecteur,

Le Pèlerinage des Ouvriers Français et de la Jeunesse catholique à Rome ainsi que les événements qui se sont produits à cette occasion dans l'Italie entière ont vivement préoccupé l'opinion.

Aussi ai-je pensé que le récit d'un témoin oculaire des faits pouvait avoir son intérêt.

C'est cette pensée seule qui m'a décidé à publier ces quelques pages qui, à défaut de mérite littéraire, auront tout au moins celui de la sincérité et de l'exactitude, ce qui est bien quelque chose.

Ne cherchez donc pas dans cette petite brochure une étude sur Rome et l'Italie, leurs beautés naturelles, leurs trésors artistiques..., en un mot une pâle copie des œuvres du président Ch. de Brosses, de Taine, de Blœser ou de Frédéric Masson. Non ! mon œuvre est sans prétentions dans sa forme et modeste dans son cadre : c'est simplement la reproduction de ce que j'ai vu et l'écho de ce que j'ai entendu pendant cette semaine passée en Italie.

Les Bruyères, 15 novembre 1891.

At... D*.

I.

Historique du Pèlerinage. — Le départ. — La douane italienne. — Arrivée à Turin ; visite de la ville et des monuments. — La ville de Pise. — Le trajet de Pise à Rome. — L'arrivée dans la Ville-Eternelle.

Léon XIII avait dit un jour, lors d'une audience solennelle accordée à des Français : « Je désire sincèrement voir les travailleurs français ; qu'ils viennent nombreux à Rome, je les bénirai, ils me consoleront. »

La France ne pouvait rester insensible à l'appel du Souverain-Pontife ; dès le mois d'août dernier, des milliers de pèlerins, appartenant, en majeure partie, aux classes ouvrières, prenaient vaillamment le chemin de la Ville-Eternelle. Deux hommes, dont la postérité gardera le souvenir, s'étaient mis à leur tête : j'ai nommé S. E. le cardinal Langénieux, archevêque de Reims, et M. Léon Harmel.

Devant une telle manifestation, devant pareil enthousiasme, le Comité de l'Association de la Jeunesse Française comprit quelle noble tâche lui incombait ! La Jeunesse catholique ne devait pas faire moins que ces braves travailleurs ! Séance tenante, notre pèlerinage fut décidé et les Cercles français de la Jeunesse catholique furent invités, par le Comité central de Paris, à recruter des adhésions.

L'appel de notre ami, le vicomte Robert de Roquefeuil, fut entendu de toutes les villes de France !

Lyon et notre région furent au premier rang : près de deux cents adhésions arrivèrent rapidement, soit au *Cercle Lafontaine,* soit au *Cercle de Lyon !* C'est à un de nos chers camarades que l'on est redevable du succès de notre groupe lyonnais, M. Victor Berne.

La date du 25 septembre fut arrêtée pour le départ. Tout le monde, ce jour-là, se fit remarquer par son exactitude et à 1 heure 15, à Mâcon, nous rejoignîmes le train spécial du pèlerinage arrivant de Paris.

Vers 1 heure 30, le convoi se mettait en marche et, à 8 heures 1/2, après une nuit des plus agitées, nous entrions en gare à Modane.

Il fallait passer l'inspection obligatoire. La frontière, que nous allions franchir, l'exigeait. Chacun s'exécuta de bonne grâce, et je dois dire, pour être exact, que MM. les douaniers italiens mirent des formes dans leur besogne vexatoire.

C'est à Modane que le R. P. Tournade, aumônier de l'Association et grand organisateur de notre pèlenage, nous a quittés. Ce fut pour lui un grand crêvecœur, mais le devoir et l'obéissance le rappelaient à Paris. Une ovation lui a été faite au départ pour Bardonnêche.

Après un parcours rapide, nous arrivâmes à Turin. L'ancienne capitale du Piémont nous reçut cordialement. A l'entrée de la gare, la délégation de la Jeunesse catholique de la ville nous attendait. Après les présentations d'usage, on se dirigea vers la cathédrale Saint-Jean-Baptiste, où eut lieu un salut solennel ordonné, en notre honneur, par S. E. le cardinal Alimonda. Nous trouvant à la cathédrale, c'est par ce monument que commença la visite. On y remarque les tombeaux d'Amédée VIII, de Charles-Emmanuel, du prince Thomas de Carignan, etc. Derrière le maître-autel, se trouve la chapelle du Saint-Suaire où l'on conserve, dans une châsse d'argent, un fragment du Saint-Suaire.

La plus grande église de Turin est Saint-Philippe

I.

de Néri, avec de belles peintures de Vacca, Solimène et Maratte.

Au sortir de la cathédrale, nous visitâmes le Palais Royal avec sa magnifique bibliothèque, son musée royal des armures, le médailler, etc. D'autres palais étaient également à voir, mais le temps nous manquait : je citerai les palais Madame, Carignan, du Tasse, etc., aperçus au passage. Aux environs se trouve le couvent des Capucins del Monte, d'où la vue est magnifique, ainsi que la fameuse colline de la Superga, au sommet de laquelle est située une église construite par Juvara pour servir de sépulture aux rois de Sardaigne.

Turin possède de magnifiques rues, de très belles places et des promenades publiques ravissantes : de splendides boulevards plantés d'arbres entourent la ville.

Combien nous regrettions que le temps fut compté ! A la hâte, nous regagnâmes l'hôtel *Londra et Caccia Réale*, où un banquet de cinq cents couverts, admirablement organisé, réunit fraternellement pélerins et invités.

A 6 heures, nous quittâmes Turin après avoir fait ample provision de couvertures et d'oreillers.

Dans chaque compartiment, l'installation fut menée rondement et le dimanche matin, à 4 heures 1/2, bon nombre de nos camarades dormaient encore à poings fermés au moment où le train arrivait à Pise.

L'accueil fut aussi sympathique qu'à Turin. En effet, malgré l'heure plus que matinale, une délégation était venue nous attendre pour nous conduire au Dôme.

La messe a été dite par M. l'abbé André Roche, notre compatriote, aumônier du Cercle Lafontaine de Lyon et collaborateur zélé de l'abbé Boisard, l'émule lyonnais du si digne abbé Roussel. Le sermon dominical fut prononcé par le directeur spirituel du pèlerinage, M. le chanoine Boullet, du diocèse d'Evreux.

Après l'office, les quelques heures dont nous disposions encore furent consacrées à la visite des monuments de la ville. A ce point de vue, Pise est une des merveilles de l'Italie : le Dôme, la Tour-Penchée, le Baptistère et le Campo-Santo sont des richesses incomparables.

Le **Dôme** est un monument historique de l'architecture italienne : les portes de bronze ont été exécutées en 1602 sur les dessins de J. de Bologne ; les vitraux sont des xIvᵉ et xvᵉ siècles ; le maître-autel est en vert antique et en lapis-lazzuli. Il y a également des peintures superbes dont l'énumération m'entraînerait trop loin. La **Tour-Penchée**, ou *Campanile*, autre merveille, construite en marbre blanc, a 8 étages de 207 colonnes superposées. J'ai compté 293 marches pour arriver à la plateforme dominant le campanile où sont renfermées sept grandes cloches. On m'indique une inclinaison extérieure de la Tour de $4^m,320$. Du haut de la plateforme, on découvre une vue superbe de la mer et de la chaîne des Apennins. Le **Baptistère**, peu éloigné du Dôme et de la Tour-Penchée, est de forme circulaire ; sa hauteur totale, y compris la coupole, est d'environ 55 mètres ; l'intérieur est orné de chapiteaux et de colonnes antiques ; le bassin octogone est en marbre blanc orné d'incrustations. La Chaire est à elle seule un magnifique chef-d'œuvre ; les bas-reliefs, notamment, sont de toute beauté. La sonorité du Baptistère est proverbiale : les gardiens n'ont pas manqué de nous la faire remarquer. Nous terminons par le **Campo-Santo**, célèbre monument dû au génie de J. de Pise. C'est un cimetière consacré jadis par les Pisans aux grands hommes de leur ville. L'intérieur est une cour avec portiques et arcades, dont les murs sont couverts de fresques splendides : je citerai les vies de Job et d'Esther ; le Triomphe de la Mort ; le Jugement dernier, etc. De nombreux tombeaux sont placés le long des portiques.

La maison de Galilée, l'église de la Santa-Spina reçurent également notre visite.

Malgré toutes ces merveilles, il nous fallut quitter Pise et remonter à la gare où notre train spécial chauffait pour nous conduire à Rome.

En sortant de Pise, le chemin de fer traverse les vastes plaines ondulées des Maremmes, entrecoupées de marais profonds et d'épaisses forêts. Cette contrée est très redoutée pendant les mois d'été en raison de la *Malaria*. Dans le parcours de Pise à Rome, on aperçoit différentes villes plus ou moins importantes, telles que Volterra, Grosseto (chef-lieu des Maremmes), Orbetello, Corneto (bâtie sur les ruines de l'ancienne Tarquinies), Civita-Vecchia, port très important, peuplée d'environ 12,000 habitants.

La dernière station avant Rome est la petite commune de Magliana ; on me montre, à droite, la basilique de Saint-Paul hors-les-murs. C'est là que le chemin de fer franchit le Tibre.

Enfin nous voici à Rome ! il est 7 heures ; on aperçoit les premiers feux de la Ville-Eternelle. A 7 heures et quelques minutes le train entrait en gare !! L'émotion est profonde ; nos braves compagnons sont avant tout des chrétiens.

Des voitures, frétées par l'*Agence des Voyages*

Economiques, attendent les pèlerins. Quatre par quatre, nous prenons possession des véhicules, et en route pour les hôtels. Celui de la Minerve reçoit le contingent le plus important : 130 à 150 voyageurs avec la direction du Pèlerinage.

Après le dîner, auquel prirent part près de 200 convives, chacun a gagné sa chambre et dormi du sommeil du juste.

Le lendemain, à 7 heures (lundi 28 septembre), nous étions convoqués à Saint-Ignace pour la messe d'ouverture du Pèlerinage.

II.

La messe à Saint-Ignace. — La première audience à Saint-Pierre : la Basilique. — Le Vatican.

La belle et touchante cérémonie de Saint-Ignace devait être présidée par S. E. le cardinal Langénieux et avoir lieu au tombeau de saint Louis de Gonzague, patron de la Jeunesse catholique. Une surprise nous était ménagée : par une faveur insigne, c'est S. E. Mgr Parocchi, cardinal-vicaire, qui a bien voulu officier, communier, de sa main, toute l'assistance, puis adresser quelques paroles aux jeunes pèlerins et leur souhaiter la bienvenue au nom du Saint-Père. Pendant la Messe, nous eûmes des chants splendides ; à l'Elévation, un soprano de la Chapelle-Sixtine nous a fait entendre, avec un timbre aussi pur qu'une voix féminine, un *O Salutaris*, de grand effet.

A peine étions-nous rentrés, qu'on nous prévint de hâter notre déjeuner en raison de l'audience pontificale que S. S. Léon XIII daignait accorder à la Jeunesse française.

Jugez de notre émotion, mais aussi de notre joie ! Toutes les délégations de notre pèlerinage avaient leurs bannières ; celle de l'Association brillait au premier rang.

Un de nos chefs de groupes, un lyonnais (qu'il me permette de le nommer ici), Joseph Borin-Fournet, président du Cercle Lafontaine, s'avisa que, dans cette réunion de bannières, de drapeaux et d'insignes, il en manquait un à l'appel : le drapeau français, le drapeau tricolore ! Grâce à lui, cet oubli fut immédiatement réparé et les couleurs nationales flottèrent triomphalement à Saint-Pierre en précédant Léon XIII !

C'est donc à **Saint-Pierre**, la plus grande basilique du monde entier, que se tint cette première audience ; 1.200 jeunes gens de notre cher pays ont pu acclamer le Saint-Père !

Après quelques instants d'attente, la garde suisse et la garde noble, précédant le cortège, annoncèrent l'arrivée du Pape. Placés sur deux rangs, les jeunes pèlerins reçurent individuellement, pour eux, leurs familles et leurs amis, la bénédiction apostolique : quatre par quatre, groupes par groupes, tous furent présentés au Saint-Père par le cardinal Langénieux et M" Déchelette, vicaire-général de Lyon. Léon XIII prenait le plus grand intérêt aux détails qui lui étaient donnés sur chacun des groupes. La presse catholique de Lyon et de la région a été particulièrement favorisée : une bénédiction spéciale lui a été accordée. Les cris mille fois répétés de : Vive le Pape ! Vive Léon XIII ! Vive la France ! accompagnèrent la rentrée du Saint-Père au Vatican.

La visite de la basilique et de partie du Vatican termina cette belle et mémorable journée dont les souvenirs sont uniques.

Saint-Pierre, je le répète, est la plus grande église du globe ; elle surpasse Saint-Paul de Londres et le Dôme de Milan. Sa longueur totale est de 212 mètres ; sa hauteur de $132^m,50$ Les proportions de ce temple magnifique sont remarquables et tellement harmonieuses qu'elles ne permettent pas, au premier aspect, d'envisager la véritable grandeur de l'édifice. Pour en donner un exemple, je citerai les quatre gros piliers qui soutiennent les arcs du dôme ; ils ont 70 mètres de circonférence !

Sous un baldaquin gigantesque, en bronze massif,

est placé le maître-autel, qui se trouve au-dessus de la Confession de Saint-Pierre. La croix qui surmonte le ciborium est à près de 30 mètres du sol.

On remarque beaucoup les quatre Evangélistes et les balcons d'où l'on montre les reliques insignes : la croix et les clous de la Passion, la tête de saint André et la lance qui perça le côté de Jésus-Christ.

Plusieurs Papes sont enterrés dans la basilique : citons les tombeaux de Paul III, Pie VII, Innocent VIII, Sixte IV, etc. Il y a de fort belles mosaïques murales ; j'indiquerai la Descente de Croix, la Communion de Saint-Jérôme, Saint-Nicolas de Bari, le Martyre des Saints Processe et Martinien, la Barque de Saint-Pierre prête à être submergée, etc. Mais, à mon avis, la plus belle est encore celle de la chapelle de Sainte-Pétronille ; l'original de cette mosaïque est une toile du Guerchin que l'on admire au Musée du Capitole. Puisque je parle de la chapelle de Sainte-Pétronille, je dirai que le Saint-Père vient d'en faire la restitution solennelle à la France ; c'est une nouvelle preuve de son affection pour notre cher pays !

Je ne parlerai que pour mémoire de la basilique souterraine ; de très belles statues en décorent les principales chapelles. En résumé, on compte dans Saint-Pierre 390 statues et près de 50 autels ! Plus de 80.000 personnes y tiennent à l'aise !!!

Arrivant au **Vatican**, nous sommes arrêtés, à l'entrée, par la garde suisse ; l'effectif de cette garde d'honneur est d'environ 120 hommes. Les costumes ont été dessinés par Michel-Ange ; ils ont toutefois perdu de leur originalité primitive. Puisque nous parlons de la garde suisse, ajoutons qu'elle est secondée dans sa tâche par les gendarmes pontificaux et, dans les grandes occasions, par la garde palatine.

Un camérier de S. E. le Cardinal-Vicaire nous fait donner accès dans le palais ; de là, il m'est permis d'avoir une idée générale du Vatican. Cette masse imposante est une réunion de palais qui ont tous leur histoire. Les différentes parties du Vatican, avec ses 11.000 chambres et ses 200 escaliers, ont été édifiées par différents pontifes. C'est au XIIᵉ siècle que, tombant en ruines, il fut rebâti par Eugène III ; Sixte IV a fait élever la chapelle Sixtine ; c'est à Léon X que l'on doit les Loges de la cour Saint-Damase ; le Belvédère remonte à Innocent VIII ; les appartements occupés actuellement par Léon XIII ont été construits par le pape Clément VIII, etc., etc.

Ce désert monstre est habité par un homme : le Pape ! Depuis 1870, le 263ᵉ successeur de saint Pierre n'en est jamais sorti, il n'en sortira pas ! La loi des garanties a fait une prison du Vatican.

Revenant à la chapelle Sixtine, notre distingué

cicérone, M. l'abbé Roche, nous en fait admirer les fresques dues au pinceau de l'immortel génie que l'on nomme Michel-Ange. C'est sous le règne du Pape Jules II que fut exécutée cette œuvre admirable. La création du Monde, les Grands Prophètes et l'exécution de divers passages de la Genèse ornent les voûtes et les murs. Mais ce qui surpasse tout, c'est le Jugement dernier. Cette fresque prodigieuse, exécutée sur l'ordre de Paul III, a été faite en trois ans. C'est d'un réalisme sublime et effrayant tout à la fois.

Puisque j'en suis à parler peinture, je continuerai par les Loges de Raphaël et la Pinacothèque (galerie de tableaux). Ce fut au grand Pontife Léon X que revint l'honneur des Loges de Raphaël : ce sont trois ordres de portiques dont les voûtes peintes à fresques, ont été décorées sur les dessins de Raphaël. Tout cet ensemble attire l'attention et l'admiration universelles.

Les principaux faits de l'Ancien et du Nouveau Testament ornent les voûtes de l'aile qui regarde Rome ; Raphaël a fait de sa main la fresque représentant : *le Très-Haut débrouillant le chaos.*

Nous voici dans la galerie des Tableaux, ils ne sont pas nombreux, mais tous sont des chefs-d'œuvres. Quatre ou cinq sont uniques au monde : *Saint-Jérôme,* par Léonard de Vinci ; *la Transfiguration,* de Raphaël ; *la Communion de Saint-Jérôme ; la Vierge et quelques Saints,* du Titien ; *la Résurrection de Notre-Seigneur ; le Couronnement de la Vierge ; l'Annonciation,* de F. Barocci sont les principales œuvres.

La description des chambres de Raphaël, où tous les amateurs des beaux-arts accourent en foule, nous entraînerait hors de notre cadre ; elles ont été peintes, en majeure partie, sous le pontificat de Jules II. Les salles Ducales et Royales sont ornées également d'arabesques et de fresques fort admirées. Les musées étrusques, des tapisseries, égyptien renferment des œuvres d'art remarquables. Dans la galerie des statues, on s'extasie devant le groupe de *Laocoon,* et les beautés remarquables de l'*Apollon du Belvédère ;* on admire la statue de *Mercure* et celle de *Méléagre,* etc., etc. Le musée des Inscriptions, la Bibliothèque ne sont pas faciles à détailler brièvement ; nous n'avons fait qu'y passer ; disons seulement que l'on compte près de 150,000 volumes dans la Bibliothèque vaticane. La cour du Belvédère et les jardins du Vatican ont terminé la visite du Palais.

III.

Les grandes basiliques.

Le troisième jour, après l'office de Saint-Louis des Français, nous avons commencé la série des grandes basiliques : **Saint-Jean-de-Latran** *(Ecclesia Urbis et Orbis, Mater et Caput Ecclesiarum)* devait avoir les prémices de notre journée.

Cette basilique contient les statues colossales en marbre des 12 Apôtres par les plus habiles sculpteurs de l'époque, ainsi que des bas-reliefs en stuc, représentant des passages de l'Ancien Testament relatifs au Messie. La Confession renferme le tombeau du Pape Martin V ; dans le baldaquin, au sommet, se trouve un tabernacle contenant les chefs de saint Pierre et de saint Paul. Le chapitre de Latran, a une chapelle spéciale : les souverains de France ont le privilège d'être chanoines de la Basilique. Cette prérogative date du roi Henri IV dont on admire une belle statue en bronze placée à l'entrée de la basilique. Ne quittons pas Saint-Jean-de-Latran sans dire que les plus grandes familles romaines ont leurs chapelles particulières qui sont des merveilles ; plusieurs de ces chapelles renferment les tombeaux de ces nobles familles. Citons celles des Orsini, des Torlonia, des Massimi, des Corsini ; les caveaux de ces derniers renferment une magnifique *Pieta* en marbre de Carrare.

Au sortir de la Basilique nous pénétrons dans le Palais de Latran dont le Souverain-Pontife, toujours d'après la loi des garanties, a la suzeraineté ; de nombreux musées y sont installés. Le commandeur de Rossi a bien voulu nous faire les honneurs du palais et des principales collections dont il a la garde et l'ordonnance avec le P. Marchi.

Nous étions par trop rapprochés de la **Scala-Santa** pour ne point nous y rendre. Cette église est l'œuvre de Sixte V ; l'Escalier-Saint est au milieu ; il a été transporté à Rome par sainte Hélène. Les vingt-huit degrés (ceux de l'escalier du palais de Pilate à Jérusalem) ne sont gravis qu'à genoux ; Notre-Seigneur monta et descendit deux fois cet escalier le jour de sa Passion.

Sainte - Marie - Majeure et **Saint - Laurent - Hors-les-Murs** furent également visités ce jour-là. La première de ces basiliques est la plus grande église de Rome consacrée à la Vierge ; comme à Saint-Jean-de-Latran, nous retrouvons un certain nombre de chapelles de la noblesse de Rome ; à droite se présente la chapelle Borghèse construite par Paul V. C'est une des plus riches de Rome. Clément VIII et Paul V (Borghèse) ont leurs tombeaux près de là ; ces deux Papes ont laissé de grands souvenirs. dans l'histoire de Rome.

La chapelle Sforza a été construite sur les plans de Michel-Ange. La Confession de Sainte-Marie-Majeure est l'œuvre de Pie IX : sa statue en occupe le centre : de belles mosaïques décorent l'abside, les principales représentent le *Couronnement de la Vierge ; l'Annonciation ; la Mort de la Vierge ; la Purification,* etc., etc. L'autel papal est fort remarquable. Sous le portique de la basilique on voit une statue en bronze de Philippe IV d'Espagne.

La place qui se présente devant *Saint-Laurent-Hors-les-Murs* est ornée d'une colonne érigée sur l'ordre de Pie IX. Les corps de saint Laurent et de saint Étienne reposent dans cette basilique ; une belle mosaïque du VI' siècle est une des richesses de l'église, dont les murailles sont ornées de peintures représentant la vie et les miracles de saint Laurent et de saint Etienne. Près de cette basilique se trouve le cimetière de Rome agrandi par Pie IX. Un monument élevé à la mémoire des Français tués à Mentana pour la défense du Saint-Siège domine le Campo-Santo. Rebroussant chemin, c'est par **Saint-Paul-hors-les-Murs** que se termina notre troisième journée dans la Ville-Sainte. Cette basilique est la plus riche et la plus belle de Rome (Saint-Pierre excepté) ; c'est d'une somptuosité unique ! Elle s'élève à l'endroit même où saint Paul a été inhumé ; l'intérieur a 120 mètres de long sur 60 de large. C'est le roi Charles-Albert qui a fait don des 80 monolithes qui soutiennent les cinq nefs. Le plafond, d'une richesse incomparable, est à grands caissons dorés avec les armes de Grégoire XVI et de Pie IX. Tout autour de la nef principale se trouvent les portraits de tous les Papes depuis saint Pierre jusqu'à Léon XIII ; d'autres médaillons attendent. Ces 263 médaillons sont des chefs-d'œuvre de mosaïque. En avant de la Confession sont deux très belles statues de saint Pierre et saint Paul.

Les baldaquins de l'autel papal sont supportés par des colonnes en albâtre oriental. Le vice-roi d'Egypte Méhémet-Ali et le czar Nicolas I sont au nombre des bienfaiteurs de la basilique. Je ne saurais mieux rendre l'impression que j'ai ressentie de cette visite, qu'en citant la réflexion suivante d'un archevêque américain, qui peut se rapporter à la majeure partie des églises d'Italie : « On vient, disait-il, plus au spectacle qu'à l'office et le recueillement est très affaibli par suite de ce grand luxe d'ornements et de marbres rares. » En France, nos belles églises gothiques, harmonieuses dans leur ensemble, mais sobres d'ornements ne sauraient s'attirer pareils reproches.

Les RR. PP. Trappistes possèdent, à peu de distance de la basilique, l'abbaye de **Saint-Paul-Trois-Fontaines.** Ils desservent trois églises : la plus célèbre est celle bâtie à l'endroit même où saint Paul fut décapité et où, suivant la tradition, quand le bourreau lui trancha la tête, cette dernière rebondit trois fois. Trois fontaines ont jailli ; près de la première se trouve la colonne à laquelle saint Paul fut attaché.

Je ne quitterai pas l'Abbaye sans rendre hommage aux Trappistes, nos compatriotes pour la plupart, qui, établis depuis 1868, ont tant fait pour l'assainissement des environs de Rome que la malaria rendait inhabitables. Leurs labeurs et leurs fatigues auront un jour leur récompense !

Bon nombre d'autres églises et d'autres sanctuaires ont été également vénérés par nous ; notre cadre est trop restreint pour nous étendre sur chacun d'eux. Je me bornerai à citer : la basilique Saint-Sébastien ; les églises Sainte-Agnès, des Saints-Apôtres, Sainte-Pudentienne, Saint-Pierre-aux-Liens, la Trinité des Monts, etc., etc.

IV.

La Rome antique. — Le Forum. — Le Colisée. —
Les Catacombes.

Une partie, non moins importante que les Basiliques et le Vatican, mais qui intéresse surtout les archéologues, les savants et les chercheurs, nous a pris une bonne part de notre quatrième journée : je fais allusion à la Rome antique. Ma tâche se réduira à une nomenclature raisonnée pour arriver promptement à la Messe pontificale à Saint-Pierre et à la seconde audience accordée par Léon XIII à la Jeunesse catholique.

C'est par une visite détaillée du **Forum romain** que nous avons continué nos pérégrinations à travers Rome. Nous voici, en pleine antiquité, au milieu de vestiges rappelant tous des souvenirs fort intéressants pour l'histoire et l'archéologie. Bien que le Forum ait perdu son antique splendeur, les ruines qui en restent en font un lieu des plus intéressants ; l'arc de triomphe de Tibère, celui de Septime-Sévère, les Rostres, sont encore bien conservés. On trouve encore des traces de la fameuse Voie Sacrée. Le temple de Romulus a vu ses derniers restes transformés en une église sous le vocable des saints Cosme et Damien.

Nous arrivons au Palatin, une des sept collines de Rome ; on y pénètre par les jardins Farnèse. Le palais Caligula, la maison d'Auguste, partie de celle de Tibère, permettent encore, par leurs ruines, de se rendre un compte exact de ce qu'était le Palatin, une réunion de palais. La maison de Domitien était la partie la plus somptueuse, la plus splendide de tout. A droite se trouvait le temple d'Auguste. Les jardins Farnèse occupent le plus grand emplacement de la maison de Tibère.

L'*Arc de Titus*, qui avoisine le Palatin, est le plus beau monument de l'époque ; il est relativement bien conservé ; le temple de Vénus a été construit par l'empereur Adrien. Le **Colisée**, ancien **Amphithéâtre Flavien,** est à notre portée : c'est à Vespasien que l'on en doit la construction. Cet édifice a 53o mètres de circonférence extérieure ; on a toujours pris grand soin de sa conservation. Les papes Pie VII, Léon XII, Grégoire XVI et Pie IX avaient donné ordre de l'entretenir et de le réparer. Inutile d'entrer dans des détails historiques, sur les combats de gladiateurs, les fêtes nautiques et les Chrétiens livrés aux bêtes comme spectacle des païens. L'histoire des Martyrs est trop présente à l'esprit des catholiques pour qu'il me soit nécessaire d'insister. On a pris, à plusieurs époques, une très grande quantité de matériaux au Colisée pour les plus grands palais de Rome.

L'**Arc de Constantin,** que nous voyons au sortir du Colisée, est dans un parfait état ; il date de la victoire de Constantin sur Maxence.

Revenant sur nos pas, c'est au **Capitole** que nous entrons ; on arrivait à cette colline par plusieurs rampes, dont la plus célèbre aboutissait à la fameuse roche Tarpéïenne. Des temples renommés étaient bâtis sur le mont Capitolin : rappelons celui de Tarquin à Jupiter-Capitolin. Les statues colossales de Castor et Pollux ornent le bas de la rampe du Capitole moderne, qui sert de Musée, et où des collections remarquables sont entassées ; Clément XII commença ce superbe musée.

De la place du Capitole on se rend à la **prison Mamertine** (S. *Pietro in carcere)* ; c'est une ancienne carrière transformée. On descendait les criminels dans les sous-sols ; on les faisait passer par un trou pratiqué dans la voûte. L'air et la lumière parvenaient difficilement aux prisonniers dans le sous-sol appelé prison *Tulienne* : c'est dans cette dernière partie de la prison Mamertine qu'ont été enfermés saints Pierre et Paul. La fontaine miraculeuse, qui servit à baptiser les gardiens Processe et Martinien, existe toujours. La prison Mamertine est très vénérée ; la chapelle du rez-de-chaussée fut restaurée par Pie IX.

Le *temple de Vesta* est un monument du II° siècle de l'empire ; il est entouré de 19 colonnes corinthiennes de marbre blanc. Ce temple est d'un très grand effet.

Une des curiosités de Rome antique et surtout de Rome chrétienne nous restait à visiter. : les **Catacombes**. Grâce à notre guide, M. l'abbé Roche, nous pûmes parcourir très en détail les Catacombes de Saint-Callixte ; par une faveur toute spéciale, M. Roche y célébra la Sainte-Messe à l'autel de Sainte-Cécile. Après l'office, guidés par un des Pères du Couvent, les Catacombes de la Voie Appienne n'eurent presque plus de secrets pour nous : la Crypte des Papes, la chapelle des Sacrements et celle de l'Eucharistie furent minutieusement explorées, et nous pûmes examiner les nombreuses inscriptions et les peintures murales. Au retour de Saint-Callixte, nous passions trop près de la petite église *Domine quo Vadis,* pour n'y point entrer un instant. Elle a été bâtie à l'endroit où saint Pierre, fuyant la persécution, rencontra Notre-Seigneur et lui dit : *Domine quo vadis* ? (Seigneur, où allez-vous ?). Ce dernier répondit : « Je vais me faire crucifier de nouveau. » Pierre, dit la Tradition, comprit l'allusion de Notre-Seigneur et retourna à Rome.

V.

La Messe Pontificale.

La Messe pontificale était annoncée pour le lendemain, avant-veille de notre départ. Ce jour solennel et tant désiré arriva ! A 6 heures 1/2, bien que l'office fut annoncé pour 8 heures, la grande basilique était presque pleine. Lors de l'arrivée du Saint-Père, il n'y avait plus une seule place : les 80.000 fidèles étaient présents ! Les gardes d'honneur du Pape, les camériers civils, les prélats, les archevêques, les cardinaux, tous étaient à leur poste ; les trompettes d'argent se font entendre ; les cris mille fois répétés de : Vive Léon XIII ! Vive le Pape-**roi** ! résonnent dans Saint-Pierre. L'évêque de Rome, revêtu des ornements pontificaux et coiffé de la tiare, apparaît porté par les *palafrenieri* sur la *Sedia-Gestatoria*. Les acclamations redoublent ; ce n'est plus de l'enthousiasme, c'est du délire !

Le portrait de Léon XIII est trop répandu pour qu'il me soit nécessaire de le décrire ici ; ce corps si étrangement maigre, surmonté d'un visage plus transparent que l'ivoire, paraît toujours devoir se briser. Et cependant, quelle énergie chez ce vieillard de 82 ans, à l'extérieur si débile ! Ceux des nôtres qui ont eu le bonheur de sentir l'étreinte de sa main vénérée, le savent mieux que personne.

De chaque côté de la *Sedia*, et avançant à grand'peine, se tiennent les camériers secrets portant les *flabelli* (grands éventails de plumes de paon). Léon XIII est enfin à l'autel ! On lui ôte la tiare, cette mître à trois couronnes superposées, symbole des trois pouvoirs : pontifical, royal et impérial. On l'aide à descendre de la *Sedia-Gestatoria* (simple fauteuil de velours cramoisi aux armes du Pape). Revêtu des vêtements sacerdotaux, Léon XIII, assisté de toute sa Cour et plus particulièrement de ses aumôniers, commence le Saint-Sacrifice. Le Sacré-Collège des cardinaux est au bas du maître-autel. Le Cardinal-Vicaire est présent, ainsi que le Majordome du Palais, Mgr Macchi, et S. E. le cardinal Monaco-Lavaletta, doyen du Sacré-

Collège et archiprêtre de Latran. Le Saint-Père en étant arrivé à l'Elévation, les chantres de la Sixtine et de Latran alternent avec les fanfares des trompettes d'argent. Le Pape élève l'hostie ; les différentes gardes d'honneur mettent genou terre !

Voici la communion : elle se fait sous les deux espèces du pain et du vin. Le Pape, pour cette dernière, se sert d'un chalumeau d'or, afin d'aspirer le contenu du Calice. Nous voici aux derniers Evangiles. Le Pape, dévêtu de ses ornements, se rend à une chapelle latérale, où il entend, à genoux, la messe d'action de grâces que lui dit un Chapelain. Remonté sur la *Sedia,* Léon XIII traverse à nouveau la basilique pour regagner le Vatican ; le même cérémonial est suivi. L'assistance pousse des vivat frénétiques : la joie déborde ! Le visage du Saint-Père s'illumine ; lui aussi est heureux : « il bénit les pèlerins qui sont venus le consoler. » En dépit de toutes les règles usitées jusqu'à ce jour, le Pape revient avec bonheur au milieu de ses enfants : il dit à haute voix : « Revenons vers mes bons amis les Français. » L'enthousiasme n'a plus de bornes ; la garde noble est impuissante ; la garde suisse voit ses rangs forcés par la foule. On veut voir le Saint-Père ; on veut toucher sa robe ! C'est à grand'peine que le cortège pontifical arrive à la petite porte du Vatican !

3

Le Saint-Père est parti ; la foule se disperse lentement ; on est encore sous le charme !

Léon XIII avait donné la grande bénédiction, qui s'octroyait jadis du haut de la Loggia de Saint-Pierre, le jour du Sacre ; elle portera bonheur à la France !

VI.

Rome moderne.

Ne quittons pas Rome sans en avoir vu le côté moderne. Des quartiers nombreux se construisent chaque année. Nos maisons modernes viennent se souder aux palais antiques ; ces derniers n'en resteront pas moins une preuve éclatante de la grandeur de la Rome des Papes. On peut admirer le grandiose des palais de Venise (ambassade d'Autriche) ; Spada, Farnèse (ambassade de France) ; Borghèse, Torlonia, etc., etc. Que dire du Quirinal ? Au premier aspect, on ne voit qu'une grande caserne dont le roi a fait sa demeure ! Les monuments publics, à peu d'exceptions près, ne sont guère remarquables ; ceux qui ont un certain cachet sont d'anciennes propriétés des papes. Le palais **Saint-Ange,** construit par les pontifes, sert toujours de prison : le passage qui le reliait au Vatican a été muré. Le Palais de *Montecitorio,* où siège la Chambre des députés, avait été jadis, sous le gouvernement pontifical, la demeure du Grand Justicier ; ce palais fut commencé par le Bernin et terminé par Ch. Fontana.

Le palais *Brashi,* résidence actuelle du ministre de l'Intérieur, fut bâti, sur l'ordre de Pie VI, par Cosme Morelli ; le gouvernement italien en a fait l'acquisition. Ne pouvant nous attarder davantage en raison de la seconde audience que daignait nous accorder le Saint-Père et pressés par le départ, nous avons terminé fort hâtivement cette visite de Rome moderne.

Du palais Brashi, nous revînmes à l'Hôtel de la Minerve par la place du Peuple que domine l'admirable promenade du **Pincio,** qui existe encore telle que la fit en 1812, le comte de Tournon, alors préfet de Rome. De la terrasse centrale de l'ancien Mont-Pincius, on découvre le plus beau panorama de la Ville-Sainte. Faisant suite à la promenade favorite des Romains (leur Bois de Boulogne à eux), se trouvent les Jardins de la **Villa-Médicis.** Avec l'église et le séminaire de **Saint-Louis,** la Villa Médicis est un des derniers débris de notre domaine national ; on y a installé l'Académie de France. En suivant le **Corso,** une des plus belles rues de Rome, et, en traversant les places **Colonna** (ancien Forum d'Antonin le Pieux), et **Monte-Citorio,** nous fûmes de suite à la Minerve.

VII.

La seconde audience.

A 10 heures 1/2, le jeudi, nous reprenions avec joie le chemin de Saint-Pierre. L'audience se tenait dans la chapelle Grégorienne : c'est là qu'il nous a été donné d'approcher de très près le Saint-Père et son Cardinal-Vicaire. S. E. Mgr Parocchi, vicaire-général de Léon XIII, ancien archevêque de Bologne, est un diplomate consommé ; il est homme d'esprit, travailleur infatigable et tout dévoué au Saint-Siège. Ses fonctions prendront fin à la mort du Pape régnant ; on parle beaucoup de lui pour succéder à Léon XIII. J'en étais là de mes observations et j'avais à peine terminé mes notes que la garde suisse annonçait l'arrivée du Saint-Père. Toute l'assistance pousse les vivat frénétiques que nous avons déjà entendus ; on se presse, on se heurte pour approcher du trône où est assis Léon XIII. Sa Sainteté a voulu donner à cette dernière audience un cachet absolument paternel : la Cour des grandes solennités, les gardes d'honneur ont été congédiés. Le cérémonial des réceptions pontificales a été écarté. C'est un père qui reçoit ses enfants : il y met tout son cœur, toute son âme. Deux par deux, nous sommes présentés au Saint-Père ; comme à la première audience, il interroge chacun de nous. La France est comblée de faveurs ! Léon XIII fait remettre à chaque pèlerin une médaille à son effigie ; les chefs de groupes, les représentants de la presse catholique en reçoivent aussi d'un modèle spécial. Chacun de nous fait bénir les objets qu'il destine à sa famille, à ses parents, à ses amis. L'audience touche à sa fin ; une distinction est accordée à l'un des fils de M. Harmel ; le jeune Léon Harmel est nommé camérier. Peu après, son frère aîné fut créé Commandeur de l'ordre de Pie IX. Dans ces deux circonstances, c'était encore à la France que revenait cet honneur ! Déjà précédemment le Saint-Père avait décoré, *de sa main*, un ouvrier français faisant partie du pèlerinage de M. Harmel.

M. le comte Albert de Mun, notre illustre compatriote, ne nous a jamais quittés, partout on le trouvait sur la brèche. Il était à notre arrivée, il fut des nôtres pendant le séjour à Rome, il vint aussi nous embarquer ! La jeunesse catholique de France a toutes ses sympathies ! Son entraînante parole lui gagne tous les cœurs ; il partage avec S. E. le cardinal Langénieux, l'abbé Garnier, M. Harmel et tant d'autres, l'apostolat de l'ouvrier. Il fait son œuvre de la question sociale, il en cherche la meilleure solution, il est l'ami des travailleurs. Cinq mille de ces derniers l'ont acclamé, lors de la réunion, à la caserne des Suisses.

VIII.

Avant l'émeute. — Le dernier jour à Rome.

Notre séjour à Rome touche à sa fin ; il faut songer au retour. L'église de Saint-Ignace devait nous
recevoir une dernière fois pour le salut de clôture.
Le cardinal Langénieux voulait nous y faire ses
adieux. C'était le vendredi 2 octobre ; le salut doit
avoir lieu à 4 heures 1/2. Il est 4 heures et l'église
est toujours fermée. Notre groupe y pénètre par une
porte du collège, on nous apprend que le salut n'aura
pas lieu. Ainsi en a décidé le gouvernement !

Nous sortons de l'église ; devant le porche stationne
une foule compacte ; l'accueil qui nous est fait est
moins que sympathique. On cherche à nous entou-
rer et à nous isoler. Des évènements graves semblent

se préparer : pourquoi ? nous l'ignorions encore. Un monsieur s'approchant de notre groupe se charge de nous l'apprendre : Quelques-uns de nos camarades ont pénétré au Panthéon et inscrit sur le registre des phrases injurieuses. Notre interlocuteur ajoute que nous agirons sagement en regagnant nos hôtels et en y restant jusqu'au départ; il pousse l'obligeance jusqu'à favoriser notre retraite. Une émeute se prépare : nous en avions les prémices. La place de la Minerve est envahie par la populace ; l'accès de l'hôtel devient fort difficile. Nous y retrouvons des jeunes gens au courant de l'incident du Panthéon ; il y a des arrestations opérées. Voici exactement ce qui s'est passé.

IX.

L'émeute ; ses causes ; ses effets.

Vers 2 heures de l'après-midi, un groupe de jeunes gens, sous la conduite d'un guide, s'était rendu au Panthéon ; la visite terminée le groupe se retira. Trois des nôtres restèrent des derniers ; on leur présenta le registre ouvert devant le tombeau de Victor-Emmanuel. Quelles inscriptions apposèrent-ils sur le registre ? Quelle phrase avait excité leur fou rire ? Nous l'ignorons encore et personne, je crois, ne le saura jamais. Un officier italien, le capitaine Astutti, n'avait pas perdu de vue les trois jeunes gens ; les voyant sortir en riant, il revint à la hâte au registre, puis se lança à leur poursuite. Une arrestation fut opérée ; les camarades du prisonnier furent saisis également pour avoir voulu le défendre. Dans l'intervalle, Astutti avait expliqué les faits à la foule ; des émissaires se rendirent aux rédactions des journaux radicaux et révolutionnaires. Deux heures après des pamphlets incendiaires excitaient Rome à l'émeute et criaient : *Sus aux Français !* A 6 heures, la ville était en pleine révolution ; nos compatriotes étaient injuriés, bousculés, frappés même par les émeutiers. On criait dans les rues : *A bas la France ! Mort aux Français ! Vive Sedan !* et autres aménités de ce genre. Les hôtels où logeaient les pèlerins français furent assaillis par la populace. Des faits bien graves s'étaient donc accomplis ? Quels crimes abominables avaient donc été commis par ces Français maudits, exécrés ? Ce registre du Panthéon, sur lequel on avait écrit, disaient les feuilles radicales, les insultes les plus grossières pour la mémoire de Victor-Emmanuel, ce registre, dis-je, a été feuilleté et l'on n'y a lu que ces mots : **Vive le Pape !** On avait bien voulu insinuer autre chose. Mais le cas était difficile. Une phrase, un lambeau de phrase, trois lettres : **MOR** ou **MER**, furent trouvées sur le registre ! Vite on épilogua ; les uns interprétèrent : *Mort à l'Italie !* d'autres se croyant plus intelligents lurent carrément : *Mort à Victor-Emmanuel !* Puis comme ces trois lettres **MER** ou **MOR** avaient été légèrement effacées au moyen d'un peu de salive, les oies du Capitole, continuant l'interprétation, jurèrent leurs grands dieux que l'on avait craché sur le tombeau de Victor-Emmanuel. Et voilà comment naquit l'émeute du 2 octobre ! « Il fallait, disait la *Riforma*, laisser passer la justice populaire ! » La police laissait faire ; l'émeute était maîtresse absolue ; au ministère de l'intérieur, on ne voulut rien entendre ; à l'ambassade de France, portes closes et consigne absolue de M. Billot de ne recevoir personne. Le consul de France ne mit guère plus de zèle que son chef à remplir ses fonctions. Et nos jeunes gens étaient toujours en prison ! Entre temps, l'émeute faisait rage : à Saint-Louis des Français, la populace décrochait les armes de France et du Saint-Siège, puis les foulait aux pieds ! Des coups de revolver furent tirés contre le Séminaire ; les voitures du cardinal Langénieux et du comte Lefebvre de Béhaine, ambassadeur de France près du Vatican, furent reçues à coups de pierres ! Durant deux heures, l'ambassadeur fut obligé de rester enfermé dans la même maison ! Tout cela n'était rien pour notre représentant accrédité près le Quirinal. Pour lui, les Français pèlerins ne comptaient pas !

Au ministère de la police, le sous-secrétaire, M. Lucca, ne put rien nous promettre, il fit même ajourner indéfiniment notre départ ! Avec les bonnes dispositions de la populace romaine à notre égard, c'était charmant ! Nous devions quitter Rome le vendredi 2 octobre, à 11 heures 15 du soir ; la décision de la questure ne nous permettait plus de compter sur le départ fixé. Cette incertitude cessa vers 10 heures ; on nous faisait prévenir d'être prêts à toute éventualité de départ. En effet, à minuit et demi, l'alerte fut donnée dans chaque hôtel et à 1 heure on se dirigea vers la gare.

X.

Le retour. — Les incidents. — A Pise. — La frontière.
— En France. — Les derniers adieux.

Le trajet se fit sans incidents graves, mais ce ne fut qu'à 3 heures 47, le samedi par conséquent, que nous sortîmes de Rome. Que dire du retour ? A chaque station de notre train spécial, nous étions accueillis par des bordées d'injures et de sifflets ; une grêle de pierres suivait très fréquemment. A San-Vincenzo, à Cécina, à Chiavari, à Orboletto, partout le même accueil. C'est à Pise que les Italiens se montrèrent vraiment ce qu'ils sont ! Sur les quais de la gare, quatre à cinq mille personnes attendaient notre convoi ! Et cependant nous étions partis avec plus de quatre heures de retard ! Ne cherchons pas

à expliquer ce... mystère : le télégraphe avait parlé !
les sectes aussi !

Le train entre sous la vérandah de la gare de Pise ; comme partout : cris de bêtes fauves, coups de sifflets et injures de toutes sortes ! Des pierres nombreuses sont lancées sur le convoi ; des pèlerins aux portières sont blessés, les uns au front, d'autres au visage. Les émeutiers n'en sont que plus acharnés ! Ils se précipitent aux portières et tentent de les ouvrir. Le chef de gare se rend compte du danger, fait changer de machine et donne, à la hâte, le signal du départ. Que serait-il arrivé si l'arrêt de Pise avait été maintenu ? Dieu seul le sait. Notre déjeuner, pendant ce temps, était aux mains des émeutiers. Dans nombre de stations il fallut brûler les gares ; à Gênes, à Turin, malgré le grand déploiement de troupes, on fut obligé de changer de machines hors des deux gares ! Les précautions n'étaient pas inutiles, on l'a vu par ce qui précède.

Enfin nous touchons à la frontière : le dernier poste italien est franchi ! Nous arrivons à Modane ; Vive la France ! tel est le cri qui s'échappe de toutes les poitrines. Les fatigues sont vite oubliées ; on ne pense plus aux émeutes, on est tout à la joie du retour. Le train P-L-M file à toute vapeur ; on arrive à Chambéry. Une réception enthousiaste nous est faite par le Cercle catholique, musique en tête. C'est encore : Vive la France !

A Culoz, nous nous séparons, bien à regret, de nos compagnons de Paris ; chacun se disperse. Les uns vont sur Lyon, d'autres sur Mâcon, d'autres enfin et ce sont les plus nombreux, continuent sur Paris. On se dit un dernier adieu ; on se serre une dernière fois la main, puis le train part !

Malgré tous les incidents du retour, la Jeunesse catholique de France gardera les souvenirs les plus durables de ce magnifique pèlerinage à Rome.

XI.

Dernières réflexions.

En relisant ces notes, écrites au jour le jour, je me prends à songer à cet incident du 2 octobre.

A l'heure actuelle, où l'on peut raisonner à tête reposée et sans le moindre parti pris, il apparaît de plus en plus clairement que « l'affaire du Panthéon » est *le plus vulgaire des coups montés !* Il n'est, en effet, aucunement démontré que l'individu soupçonné d'avoir écrit la phrase incriminée « *Vive le Pape !* » soit un pèlerin et encore moins un Français.

Aussi ai-je raison d'être encore fort perplexe sur ces évènements ! Et cependant, tout était à prévoir ! Il me revient en mémoire une phrase célèbre prononcée par M. Thiers à la tribune du Corps législatif : « La reconnaissance de l'Italie aura tout juste la durée de sa faiblesse. »

Cette parole, qui date de l'époque où la France fit l'Italie, n'est pas tout à fait vraie. La force n'est pas encore venue..... viendra-t-elle jamais ? Mais la reconnaissance s'en est allée depuis longtemps.

Proudhon semble, dans un de ses ouvrages, justifier pleinement la conduite de nos voisins quand il dit : « L'ingratitude en politique est le premier des droits et des devoirs. » Je répondrai cependant qu'il y a des peuples généreux, au grand cœur, qui n'exercent pas ce droit et ne remplissent pas ce devoir. L'Italie n'est pas du nombre ! Personne n'en doutait, mais il n'était pas mauvais d'en avoir une preuve de plus. L'affaire du 2 octobre nous l'a fournie.

Ce jour-là, l'Italie a, une fois encore, conspué la France. Les catholiques ont fait devant ces outrages digne et fière contenance, alors que les francs-maçons baisaient humblement la main qui souillait et lacérait notre drapeau. Les Italiens ont crié : « Vive Sedan ! » et les mêmes francs-maçons ont applaudi. La honte de ce cri leur est commune.

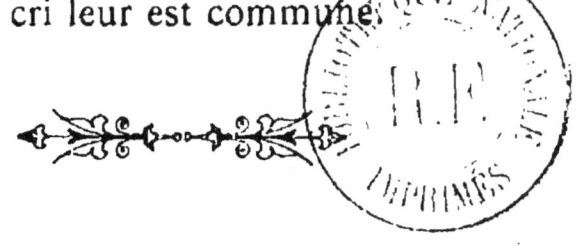

TABLE DES MATIÈRES

794-92. — Annecy. Imprimerie de F. Abry.

www.ingramcontent.com/pod-product-compliance
Lightning Source LLC
Chambersburg PA
CBHW060821180626
46818CB00002B/901